L
DEESSE
QUI DEVINT
FLEUVE

Vijay Singh
Illustrations de Pierre de Hugo
Traduction de Alain Porte

Gallimard Jeunesse

Pour Prashant et Vikrant,
deux jumeaux au bord du Gange,
qui à tel point se ressemblent
que même le Gange ne sait
qui est qui.

Vijay Singh a grandi sur les bords du Gange.
Ecrivain indien, il vit à Paris
depuis plus de dix ans.
Il est l'auteur de *Jaya Ganga,*
le Gange et son double (Ramsay, 1985),
La Nuit poignardée, les Sikhs
(Flammarion, 1987),
Tourbillon d'ombres (Ramsay, 1992),
ainsi que d'un court-métrage
pour la télévision, *Homme et Eléphant.*

Illustration des pages 24-25 et 32 : Nicole Carrière
Illustration des pages Découverte : Gilbert Houbre
Responsable éditoriale : Jacqueline Vallon
Maquette : Corinne Leveuf

Nous adressons nos vifs remerciements à Mme Amina Okada et à M. Charles Malamoud
pour leurs précieux conseils.

ISBN : 2-07-056921-7

Numéro d'édition : 63618
Loi n° 49-956 du 16 juillet 1949
sur les publications destinées à la jeunesse
Dépôt légal : Mai 1993
Imprimé en Italie par la Editoriale Libraria

Le jour se levait sur les sommets immaculés de l'Himalaya…

Cela se passe en Inde, dans l'Himalaya, cette immense chaîne montagneuse dont les sommets sont les plus élevés du monde, et dont le nom signifie *la demeure des neiges*.

Le spectacle qu'il offrait ce jour-là était à vous couper le souffle. La nuit glaciale touchait à sa fin, et l'aurore perçait au-dessus des sommets. Et quelle aurore ! On aurait dit un oiseau immense déployant sur le ciel ses ailes de soie rose. L'air

C'est dans l'Himalaya que se situe *le Toit du monde*, le Tibet, avec le mont Everest (8882m).

Dans toutes les traditions, l'eau représente la vie, elle purifie et régénère. Les hindous vénèrent les fleuves pour ces mêmes raisons. Ainsi la Yamuna, la Godavari, la Kaveri, la Saraswati…

était clair et pur au-dessus des montagnes immaculées qui pointaient dans l'azur leurs têtes couronnées de neige.
C'est alors qu'à l'Orient surgit le soleil, embrasant l'Himalaya d'une beauté aveuglante. Mais ce qui attirait irrésistiblement le regard, c'était un trou béant dans la masse d'un glacier, comme une énorme bouche en train de rire. Il en jaillissait un flot d'eau turquoise qui chantait, bouillonnait, explosait. C'était Gaumukh, la source du Gange, le fleuve que les hindous vénèrent sous le nom de Ganga, la déesse Ganga.
Dans ce paysage de solitude et de silence, une femme et une jeune adolescente, la mère et la fille, cheminaient péniblement vers la source du fleuve. Elles étaient vêtues de tuniques et de pantalons froncés à la mode indienne, la tête emmitouflée dans un large châle. Arrivée près du

Mais le fleuve vénéré entre tous est le Gange. Se baigner dans le Gange au lever du soleil est l'acte le plus sacré qu'un hindou puisse accomplir dans sa vie. Une autre forme de dévotion consiste à faire flotter sur le fleuve des lampes à huile. Le souhait de tout hindou est d'avoir, après sa mort, ses cendres immergées dans les eaux sacrées du fleuve.

… où naissent les eaux sacrées du Gange.

trou béant, la mère s'immobilisa, s'inclina devant la source et se mit à prier. Elle jeta un rapide coup d'œil autour d'elle pour vérifier qu'aucun regard curieux ne l'espionnait dans les environs, puis elle ôta ses vêtements un à un pour ne garder sur elle qu'un mince jupon. Elle se plongea rapidement dans les eaux glacées en chantant d'une voix grelottante : *"Haré Gangé! Haré Gangé!"*, *"Louange à toi, Ganga."*

De même qu'un bain lave le corps de toute saleté, le croyant considère que les eaux saintes du fleuve purifient de toutes les souillures du mal, ce qui est très important pour atteindre le bonheur après la mort.

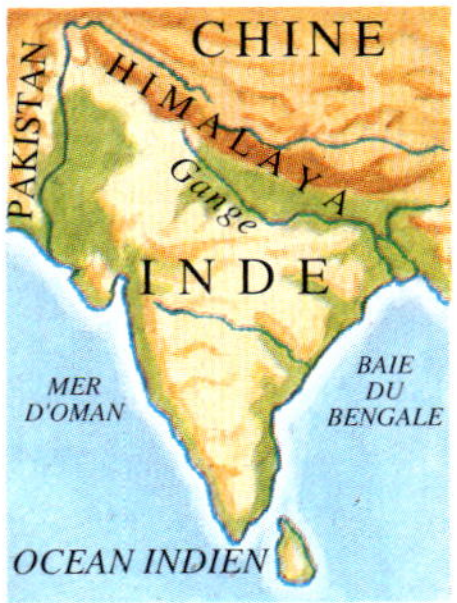

Elle demanda alors à sa fille de faire de même. Mais celle-ci protesta énergiquement : *"Ah non! Je vais mourir de froid."* Sa mère réussit à la convaincre, et l'enfant se trempa furtivement en poussant des petits cris aigus. Elle était encore toute contrariée en se glissant dans ses vêtements secs : *"Je suis gelée jusqu'aux os ! Pourquoi m'as-tu obligée à faire ça, maman ?"* La mère prit tendrement sa fille dans ses bras et lui expliqua :

"Parce qu'un bain dans le Gange, à cet endroit précis, fera de toi, pour toujours, la plus pure des créatures. Et sais-tu pourquoi ?"

Elle s'assit sur un rocher et, sa fille blottie contre elle, elle commença à lui raconter la légende du Gange, le fleuve sacré.

Un jour, dans son royaume céleste, le roi Himavat...

La tradition hindoue, comme de nombreuses autres religions, situe souvent la demeure des dieux au sommet de hautes montagnes. Ainsi, le dieu Shiva réside avec son épouse Parvati sur le mont Kailash, dans l'Himalaya.

Il était une fois un royaume céleste, situé très haut dans les montagnes de l'Himalaya, au cœur d'épaisses forêts, juste au-dessous des sommets couverts d'une neige éblouissante. C'était un pays merveilleux et unique, où les êtres humains respectaient les oiseaux et tous les animaux, et où ces derniers, à leur tour, aimaient les hommes. Tous vivaient en paix et en parfaite harmonie.

Sur ce pays de rêve régnait le roi Himavat, ce qui signifie *"Neige"*. Il avait une fille

Ganga est la sœur de Devi, la grande déesse épouse du dieu Shiva. Selon les qualités qu'elle incarne, Devi prend divers aspects et différents noms, dont les plus connus sont : Parvati, *née des montagnes* (ci-dessus), Uma, *la lumière*, et, dans son aspect terrible, Durga, *l'inaccessible*, la tueuse de démons.

très belle, nommée Ganga. Elle avait des yeux en amande, de longs cils recourbés, des lèvres pareilles à des boutons de rose, une longue chevelure noire et soyeuse, délicatement ondulée. Toute sa personne n'était que séduction. Comme souvent les très jolies femmes, Ganga connaissait le pouvoir de son charme céleste, et elle se montrait cruelle, capricieuse, coquette et orgueilleuse. Aussi tous ceux qui l'approchaient se tenaient-ils sur leur garde.

Mais Ganga possédait une qualité d'une autre nature : elle avait le pouvoir magique de rendre pur tout ce qu'elle touchait. Elle pouvait soulager la pire souffrance, guérir la maladie la plus incurable, laver les plus lourdes fautes.

Quelle ne fut pas la surprise du roi Himavat de découvrir un jour à sa porte le dieu Brahma, le créateur de l'univers en personne, le père de toutes les créatures et de tous les dieux ! Himavat était d'autant plus impressionné que Brahma n'avait pas l'habitude de se déplacer pour des riens.

Le dieu à quatre têtes entra dans l'appartement royal,

La fille du roi, Ganga, la déesse au pouvoir magique qui purifie, …

s'assit et déclara : *"Noble roi ! Aucune âme généreuse au monde ne voudrait voir un père et sa fille séparés. Mais la situation est grave, très grave même. L'humanité a absolument besoin de la jeune Ganga. Seul, son divin contact est capable de libérer de l'enfer de nombreuses âmes souffrantes.*

Brahma est l'un des trois dieux principaux de l'hindouisme, avec Shiva et Vishnou (voir pp. 34 et 36). Mais il ne reçut jamais de culte très important et peu de temples lui sont consacrés. Le plus célèbre est celui de Khajurao.

Acceptez-vous que votre fille Ganga descende sur terre?" Le roi ne pouvait rien refuser au dieu qui avait créé le monde. Mais il jugea bon de le prévenir : *"Il est de mon devoir, Seigneur, d'envoyer Ganga sauver la terre. Mais je dois cependant vous avertir qu'elle est d'une nature capricieuse, destructrice. Elle peut se révéler dangereuse pour la terre…"*

Assise près du trône d'or de son père, Ganga avait assisté à la conversation et n'en perdait pas une parole : sur ses

lèvres flottait un malicieux sourire. Ganga adorait se servir de sa beauté pour troubler les dieux et leurs semblables.

Brahma demeura imperturbable et se contenta de répéter sa demande : *"Acceptez-vous, noble roi, de laisser Ganga descendre sur la terre ?"* Le roi consentit à laisser partir sa fille. Mais avant que le dieu ne parte, il eut la curiosité de demander : *"Qu'est-ce exactement, Seigneur, qui nécessite la descente de Ganga sur terre ?"*

Se baigner dans le Gange et offrir de l'eau sacrée du fleuve en hommage au Soleil levant est un rite très courant en Inde.

Les divinités hindoues possèdent des véhicules ou *vahana*. Ce sont des animaux qui les symbolisent. Ainsi, *Nandi*, le taureau blanc de Shiva (p. 13), *Garuda*, l'oiseau fabuleux de Vishnou (p. 36), ou encore l'éléphant de Indra (p. 15), le paon de la déesse Sarasvati et, ci-contre, le *hamsa*, sorte d'oie ou de cygne, de Brahma.

Shiva, le dieu à la peau bleue, annonce au roi...

En ce temps-là, sur terre, régnait un roi tout-puissant nommé Sagar*. Son royaume était immense et ses coffres débordaient d'or, d'argent et de pierres précieuses.

Malgré ces richesses, le roi Sagar n'était pas heureux car il n'avait pas d'enfants. Depuis de longues années, il s'imposait toutes sortes de pénitences et il implorait désespérément les dieux pour que ses deux épouses lui donnent des enfants.

Un jour qu'il se tenait dans une profonde méditation, Shiva, le dieu à la peau bleue* qui détruit sur terre les

Sagar signifie la mer, et *Mahasagar*, la grande mer, c'est-à-dire l'océan.

Pour sauver l'humanité menacée par les démons, Shiva absorba le poison violent que ceux-ci lui destinaient. Ce qui lui valut une peau bleue.

… Sagar qu'il aura soixante mille fils qui tous périront.

forces du mal, surgit devant lui. Il se tenait dans un buisson de flammes, un cobra enroulé autour du cou, un trident à la main. *"Ne te désole pas, malheureux roi !,* dit-il à Sagar. *Les reines te donneront des enfants. L'aînée en aura soixante mille. Ils seront forts et courageux, mais tous périront sans laisser d'héritier. Keshini, la plus jeune de tes deux épouses, ne mettra au monde qu'un seul enfant, mais il assurera ta descendance."* Sur ces mots, le dieu disparut dans le buisson de flammes.

Au fil des années, les paroles de Shiva se révélèrent exactes. La première reine donna naissance à une multitude de fils, soixante mille au total. Chacun d'eux grandit en force et en courage, fier de son ascendance royale. Keshini ne mit au monde qu'un fils, qui devint insolent et méchant. Sa conduite désespérait le roi. Par contre, la bravoure de ses soixante mille autres fils le comblait d'une telle joie qu'il devint un souverain d'une immense générosité. Chaque semaine, il ouvrait ses coffres remplis d'or, d'argent et de pierres précieuses et faisait des dons somptueux aux pauvres. Dans une gigantesque cuisine du

Shiva est un dieu très vénéré. Il est représenté dans les temples sous la forme d'un *lingam*, pierre cylindrique qui évoque le phallus et qui est symbole de création et de régénération. Son troisième œil, au milieu du front, indique sa connaissance parfaite de la Vérité, tandis que ses quatre bras (parfois dix) montrent l'étendue de ses pouvoirs.

palais, des domestiques s'affairaient nuit et jour pour nourrir les plus démunis.

Enfin heureux, le roi décida d'offrir un *ashwamedha*, le sacrifice du cheval, en signe de remerciement aux dieux. C'était le rite le plus sacré qu'un roi puisse accomplir en leur honneur. On fit des préparatifs tout particuliers. Un superbe cheval blanc, à la robe plus belle et plus soyeuse que la neige de l'Himalaya, fut amené d'une lointaine contrée. Les prêtres et les sages les plus savants furent conviés pour réciter et chanter les textes sacrés. Le feu du sacrifice était allumé et la récitation allait crescendo, quand Indra, le roi des dieux, entra furtivement dans la salle des cérémonies, détacha le cheval qui se tenait près du feu et s'enfuit. Le bel animal disparut lui aussi dans la nuit.

Les sacrifices occupent une place très importante dans l'hindouisme ancien. Le cheval joue un rôle primordial dans les anciennes civilisations. L'offrir aux dieux en sacrifice est le don le plus somptueux que l'on puisse leur faire.

"Perdus ! Nous sommes perdus !" s'écria le chef des prêtres, pris de panique. En effet, il n'y avait pas de pire offense

Le dieu Indra subtilise le cheval que le roi s'apprêtait à offrir en sacrifice.

aux dieux que l'échec du sacrifice du cheval ! Fou de rage, ne comprenant pas les raisons de cette mauvaise plaisanterie d'Indra, le roi ordonna à ses valeureux enfants : *"Allez, mes vaillants fils, et retrouvez le cheval."*
Les soixante mille princes partirent avec, pour seuls indices, que le cheval était blanc et qu'il répondait au son *"chou-chou-chouchou"*. La terre tout entière fut mise sens dessus-dessous : les villages furent saccagés, les bois rasés, les montagnes et les rivières passées au peigne fin. Partout et sans cesse, la terre résonnait des appels des fils du roi : *"chou-chou-chouchou"*. Hélas ! tous leurs efforts étaient vains. Aucune trace du cheval blanc.
Découragés, les princes étaient, un jour, assis près d'un

Indra est le dieu de l'Atmosphère. Il occupait une place importante dans l'hindouisme ancien où il était considéré comme le roi des dieux. Il n'est pas l'objet, aujourd'hui, d'un culte particulier.

Les soixante mille fils...

puits, quand l'aîné eut une idée. *"Je suis sûr,* dit-il, *que le cheval se trouve au centre de la terre."* Aucun d'eux n'avait pensé à le chercher à cet endroit. Ils se mirent à creuser un trou jusqu'aux mondes inférieurs et ils y descendirent à l'aide d'une immense corde.

En arrivant dans les entrailles de la terre, ils découvrirent que celle-ci tenait en équilibre sur le dos de huit éléphants gigantesques, chacun de la taille d'une colline. L'aîné des princes appela aussitôt: *"chou-chou-chouchou"*. Le cheval ne répondit pas, mais ce furent les éléphants qui réagirent : La sonorité de l'appel avait provoqué une démangeaison insupportable dans leurs oreilles. Ils se mirent à traîner les pieds et à battre si violemment des oreilles qu'ils déchaînèrent une tempête. Des éclairs jaillissaient de toutes parts et le tonnerre grondait, tandis que la surface de la terre était agitée de terribles tremblements.

Les ascètes ou *sadhus* sont des hommes qui ont renoncé aux plaisirs terrestres pour rechercher la sagesse. Pour cela, ils pratiquent la méditation et mènent une vie errante, vivant de mendicité. Un authentique sadhu est l'objet d'un très grand respect. Les textes hindous leur attribuent des pouvoirs surnaturels, tels que prédire l'avenir, lancer une malédiction à un être mauvais...

Selon une conception ancienne de l'hindouisme, la terre devait être soutenue par des éléments stables et solides, ce que représentent les éléphants.

Le calme revenu, la recherche du cheval blanc reprit. L'aube pointait à peine et le ciel était encore sombre, quand un des princes remarqua près d'un arbre un magnifique cheval blanc qui brillait comme la neige au clair de lune. Près de lui, un vieil homme, drapé dans une longue étoffe couleur safran, était assis sous l'arbre, en

méditation. Les fils du roi se précipitèrent avec arrogance vers l'ermite* en prière, en criant : *"Espèce de sale vieux voleur ! Rends-nous notre cheval !"*
L'ermite se leva, furieux, et des flammes jaillirent de sa bouche : *"Comment osez-vous me traiter de voleur ! Phoo !"* Et, soufflant sur les soixante mille fils du roi Sagar, il les réduisit en cendres…

Un ermite est un religieux qui a choisi de vivre dans la solitude pour mieux se consacrer à la prière. (le mot *ermite* vient du grec *érémos* qui signifie *désert*).

Sans nouvelles de ses fils, le roi Sagar est dévoré d'inquiétude.

Le roi Sagar, ne voyant pas revenir ses enfants, et n'ayant aucune nouvelle ni d'eux ni du cheval, voyait son anxiété grandir de jour en jour. Il savait que la colère des dieux pouvait à tout moment se déchaîner, puisque le sacrifice du cheval demeurait inachevé. Aussi était-il profondément préoccupé. Ni les reines, ni les paroles apaisantes des sages ne réussissaient à calmer son angoisse.

C'est alors qu'une nuit il se rappela les paroles du dieu Shiva : *"Keshini, la plus jeune de tes deux épouses, ne mettra au monde qu'un enfant, mais il assurera ta des-*

L'éléphant est très présent dans l'hindouisme, comme il l'était dans la société indienne. Il incarne la force et la sagesse. Il est le véhicule du dieu Indra (voir p. 11).

cendance." Aussitôt, le roi décida d'envoyer à la recherche de ses fils et du cheval blanc, Ansuman, le petit-fils de Keshini, un jeune homme d'une grande droiture. Ansuman avait une passion pour les animaux. Il avait même davantage d'amis parmi eux que chez les hommes. Il connaissait parfaitement le langage de soixante-dix-sept espèces d'animaux et d'oiseaux. Quand il eut parcouru la jungle en tous sens, un éléphant vint à sa rencontre, déroula sa trompe et murmura d'un ton amusé : *"Cesse de chercher dans les forêts, pauvre fou ! Le cheval est dans les enfers."*

Un dieu très aimé des hindous, Ganesh, fils de Shiva et de la déesse Parvati (voir p. 9), possède une tête d'éléphant.

Ansuman se précipita dans le trou creusé par ses cousins. Tout en bas, avant même qu'il eût posé le pied sur le sol, un autre éléphant déploya sa trompe devant lui et marmonna : *"Descends tout droit cette allée. Tu trouveras ton cheval près d'un étang."*

Ansuman, fou de joie, découvrit le cheval blanc près d'une cabane, au bord d'un étang bleu. *"Chou-chou-chouchou"*, appela-t-il, pour vérifier que c'était bien celui qu'il cherchait. Un hennissement lui répondit. Juste à ce moment, l'ermite sortit de la cabane. Ansuman, toujours respectueux envers ses aînés, le salua et demanda : *"O vénérable ermite, avez-vous vu mes oncles ? Ils étaient partis à la recherche de ce cheval.*

– Oui, je les ai vus, dit l'ermite, en montrant du doigt un tas de cendres. *Ils ont été si irrespectueux que je les ai réduits en cendres avec le feu de ma méditation. Ils paient maintenant leur forfait en enfer.*

– En enfer !"

Ansuman laissa échapper ce cri d'angoisse comme si une flèche lui avait percé le cœur. Pleurant amèrement sur le destin de ses oncles, il se jeta aux pieds de l'ermite et implora son pardon pour leur conduite insolente. Le saint homme se laissa toucher par ses larmes. Il lui répondit : *"Il n'y a que la déesse Ganga qui puisse venir en aide à*

L'enfer, dans la mythologie hindoue, se situe dans le *sous-monde*, c'est-à-dire sous la terre. C'est un endroit de désolation absolue.

Le cheval blanc retrouvé, reste à sauver les soixante mille princes de l'enfer.

tes oncles . Si elle parvient à descendre du ciel sur la terre, elle purifiera leur esprit. Il n'y a pas d'autres solutions. Prends le cheval. Et que Dieu entende tes prières."

Ansuman revint au palais avec le cheval. Le roi, qui ne savait encore rien du sort des soixante mille princes, était ébloui par l'exploit de son petit-fils. Et les prêtres de la cour purent achever, en grande pompe et selon le rite, le sacrifice du cheval.

Les dieux sont touchés par les sacrifices que s'imposent les ascètes pour atteindre la sagesse. C'est pourquoi ils leur apparaissent et sont prêts à réaliser leurs vœux.

Ce ne fut qu'une fois la cérémonie terminée qu'Ansuman apprit au roi quel avait été le sort de ses fils. A ces nouvelles, le cœur de Sagar se brisa. Il souffrait d'autant plus qu'il était trop âgé pour mener la vie de pénitence qui aurait pu convaincre les dieux d'envoyer Ganga sur terre. Il décida pourtant de partir pour la forêt et de s'y soumettre aux épreuves les plus dures. Cela afin d'obtenir du dieu Brahma qu'il persuade Ganga de venir sur terre.

Le roi mourut quelques mois plus tard. Ansuman fit le vœu de laisser le royaume à son fils Dilipa, et affronta les pires dangers pour convaincre Brahma. Ses efforts à lui aussi furent vains. Dilipa, à son tour, échoua.

Seule, Ganga, la déesse qui purifie, a le pouvoir de les sauver.

Brahma possédait cinq têtes, signe qu'il voyait dans toutes les directions. Il est généralement représenté avec quatre têtes, car le dieu Shiva, qu'il avait offensé, lui en détruisit une à l'aide de son troisième œil.

C'est alors qu'arriva Bhagirath, le fils héritier de Dilipa, qui refusa même de monter sur le trône : *"Je ne porterai mes regards sur le trône royal que lorsque je serai parvenu à faire descendre Ganga sur terre"*, déclara-t-il. Puis, il prit le chemin de l'Himalaya.

Vêtu d'une simple étoffe nouée autour des reins, Bhagirath s'installa sous un banian géant, sur les contreforts de l'Himalaya, et se mit à prier Brahma. Les années passèrent durant lesquelles il ne se nourrit que de baies sauvages et d'herbe, bravant les serpents venimeux et les scorpions. Insensible à la pluie, aux tempêtes et à la neige, il s'adonna sans relâche à la méditation et à la prière.

Sa dévotion exemplaire porta ses fruits : Brahma lui apparut : *"O toi à l'esprit inébranlable !* lui dit le dieu créateur à quatre têtes*. *Demande une faveur. Elle te sera accordée.*

– Seigneur, laisse Ganga couler sur la terre. Seules ses eaux sacrées pourront purifier l'âme de mes ancêtres qui pourrissent en enfer!"

Brahma sourit devant la candeur de Bhagirath : *"Quel vœu naïf, mon fils ! Sais-tu que la force de Ganga est telle que la terre elle-même ne pourrait la*

Le banian – par sa taille imposante et ses racines aériennes qui l'apparentent à lui seul à une petite forêt, par sa durée de vie impressionnante qui le fait ressembler à un vieux sage – est l'objet d'un grand respect.

Tous supplient le dieu Brahma d'intervenir...

supporter ? Shiva seul en est capable." Sur ces paroles, il disparut.

Bhagirath se mit alors à prier Shiva, le dieu à la peau bleue. Celui-ci parut aussitôt devant lui et demanda : *"Que cherches-tu donc, jeune sage?*

– Le Seigneur Brahma est prêt à laisser Ganga descendre du ciel. Mais vous seul, Seigneur Shiva, pouvez supporter la puissance de ses eaux. Aidez-moi! supplia Bhagirath, d'un ton pathétique dû à ses terribles privations.

Shiva réfléchit : il savait que Ganga était imprévisible, que ses humeurs étaient redoutables pour les dieux eux-mêmes. Néanmoins, il accepta :

"Je veux bien le faire pour toi. Mais sois prudent quand tu la guideras sur la terre. Elle est farouche ! Elle ne fait que ce qui lui plaît. Parfois, elle ne sait pas elle-même ce qu'elle fait."

Tout est prêt pour la vertigineuse descente de Ganga sur terre.

C'est ainsi que le dieu Brahma alla rendre visite à Himavat, le père de Ganga, dans son royaume céleste de l'Himalaya. Il lui expliqua que seules les eaux pures de sa fille pouvaient libérer les âmes des enfants du roi Sagar. Himavat consentit à ce que Ganga descende sur terre et il lui ordonna de se préparer pour son prochain départ.

Avec l'accord du dieu Shiva, tout semblait prêt pour la vertigineuse descente. Ganga était ravie de quitter sa maison natale. Elle haïssait les contraintes paternelles qui limitaient ses mouvements ; elle adorait la liberté, la

Dans un grondement de tonnerre, …

liberté d'aller où bon lui semblait, la liberté de jouer avec les rêves et les désirs des dieux séduisants et des hommes valeureux.

Un beau jour, Ganga descendit, avec, dans son sillage, un torrent de flots bleus. La puissance de ses eaux était telle que personne au monde n'avait, de mémoire d'homme, vu un tel déluge. Terrifiés par le grondement de tonnerre des eaux approchant de la terre, les tigres et les éléphants cherchaient refuge dans les grottes, et les oiseaux se faisaient tout petits au fond de leurs nids. Dans le ciel, on ne voyait que Ganga, Ganga dont la puissance éclatait comme une étoile qui explose. A mi-chemin de sa course, Ganga remarqua, sur un sommet de l'Himalaya, Shiva qui l'observait, un sourire narquois aux lèvres. Elle devina aussitôt que le dieu à la peau

Les montagnes sont toujours considérées comme des liens entre la terre et le ciel. Ainsi, l'Himalaya, où se rencontrent les plus hauts sommets du monde, a une dimension semi-mythique dans la mythologie hindoue. Il possède une partie terrestre, et une autre céleste, qui se perd dans les nuages, inaccessible, domaine des royaumes divins.

… elle déferla sur l'Himalaya et se retrouva prisonnière des boucles de Shiva.

bleue avait l'intention de la capturer. *"Ah non !* s'écria-elle, *il ne me volera pas ma liberté. Pour rien au monde, je le laisserai faire. Non, non et non !"* Et Ganga exécuta, entre ciel et terre, une série de cabrioles pour donner plus de force au déferlement de ses flots. Elle frappa la chaîne montagneuse avec la violence de la foudre. Sur la terre, les hommes et les femmes hurlèrent, les animaux tremblèrent d'effroi. Mais le Seigneur Shiva partit d'un grand éclat de rire : il venait de capturer Ganga dans les boucles de sa chevelure noire ! Ganga était trop fière pour accepter la défaite.

Durant plusieurs saisons, elle s'acharna à pincer, mordre, griffer, piquer la tête et tirer les cheveux de Shiva, mais celui-ci demeura imperturbable, inébranlable. Bhagirath l'implora de libérer Ganga pour qu'elle mette fin aux

Les eaux de Ganga s'échappèrent de la chevelure de Shiva en plusieurs points, formant les différents affluents du Gange : la Yamuna, la Baghirathi, l'Alaknanda, la Ghaghra, la Gandak, la Ramganga, la Damodara, la Son, la Koshi, la Chambal…

Enfin pacifiée, elle descendit en enfer et libéra les princes.

souffrances que ses ancêtres enduraient en enfer. *"J'accepte de la libérer, ô grand saint,* dit Shiva. *Mais méfie-toi d'elle, tu as vu comme elle aime détruire."*

Shiva laissa donc Ganga s'échapper, et ses eaux sortirent de sa chevelure. Purifiée et pacifiée par son séjour dans la prison divine, la déesse s'était imprégnée de la bonté du dieu. Mais elle avait conservé son tempérament fantasque et imprévisible, et le jeune Bhagirath la dirigea avec prudence sur toute la surface de la terre. Partout où ses flots coulaient régnait la paix, et quiconque prenait la peine de s'y baigner voyait ses fautes lavées et effacées.

Le Gange suit donc un triple cours : céleste, terrestre et souterrain.

Bhagirath conduisit alors Ganga en enfer, vers les cendres de ses ancêtres. Dès que les eaux sacrées de Ganga les eut baignées, les soixante mille princes furent pardonnés et, leurs fautes effacées, ils regagnèrent leur demeure céleste.

L'histoire du Gange terminée, l'enfant est rêveuse…

Toujours blottie contre sa mère, la petite fille avait écouté le récit de la légende de Ganga, comme dans un rêve. Elle demanda :

“ Maman, quand on se baigne dans le Gange, on va au ciel ?

– Oui.

– Même les voleurs, les menteurs et les méchants ?

– Oui, eux aussi. Le pouvoir de purification du Gange, pourvu qu'on l'invoque sincèrement, s'applique à tout le monde, sans exception.

Le froid ne compte plus. Plus rien n'existe que GANGA !

– Dis, maman, moi qui me suis plongée dans l'eau glacée, même rapidement, j'irai au ciel ?
– Bien sûr, ma chérie.
– Même si je n'avais pas du tout envie de me baigner, à cause du froid ?
– Evidemment il vaut mieux s'y plonger en priant Ganga avec ferveur. Mais maintenant que tu sais qui est le Gange et que tu connais ses pouvoirs célestes, je suis sûre que tu auras très envie de t'y baigner encore de nombreuses fois.
– J'y retourne tout de suite, si tu veux bien !
– Mange d'abord ton déjeuner, tu dois mourir de faim."

"Je suis la naissance de toute chose, et de Moi tout émane…
Entre les fleuves, le Gange Je suis." Bhagavadgita

Quand le Gange devint une déesse

Ce buste d'homme a été trouvé à Mohenjo-Daro, une des cités les plus florissantes des bords de l'Indus, édifiée vers 2500 av. J.-C. Cette civilisation inventa une écriture qui n'a pas encore été déchiffrée.

A l'origine simple fleuve, le Gange a été divinisé (considéré comme une déesse) par la mythologie hindoue. Cela remonte à des temps très anciens.

La civilisation de l'Indus

La civilisation de l'Inde est l'une des plus anciennes du monde. Dès le troisième millénaire avant notre ère, sur les rives de l'Indus, s'élabore une civilisation très avancée, comme en témoignent les vestiges de grandes villes à l'urbanisme très développé. Elle disparaît au deuxième millénaire av. J.-C.

La civilisation du Gange

Vers cette époque, des tribus originaires des bords de la mer Caspienne et des steppes d'Asie centrale arrivent en Inde. Ces peuples, appelés Aryens, vivent de leur bétail et mènent une vie nomade, toujours à la recherche de nouveaux pâturages. Le Gange, bordé de plaines fertiles, leur apparaît comme un rêve. Ils s'installent le long de son cours moyen, et s'initient à l'agriculture. Leurs problèmes de nourriture et d'abri résolus, ils goûtent une période de paix, favorable à la réflexion. C'est dans ce contexte qu'ils élaborent le *Rig Veda*, le premier texte sacré de l'hindouisme.

Les épaisses forêts des plaines du Gange fournissent du bois pour construire les habitations et fabriquer des outils. Ses riverains développent ainsi peu à peu un mode de vie très confortable.

A Mahabalipuram, en Inde, un énorme rocher sculpté (ci-contre) évoque la descente du Gange (au centre) et Bhagirath en posture d'ascète (sur une jambe, en haut, à gauche).

C'est ainsi que la civilisation du Gange donna naissance à l'hindouisme, lequel, à son tour, fit du Gange une déesse : Ganga.

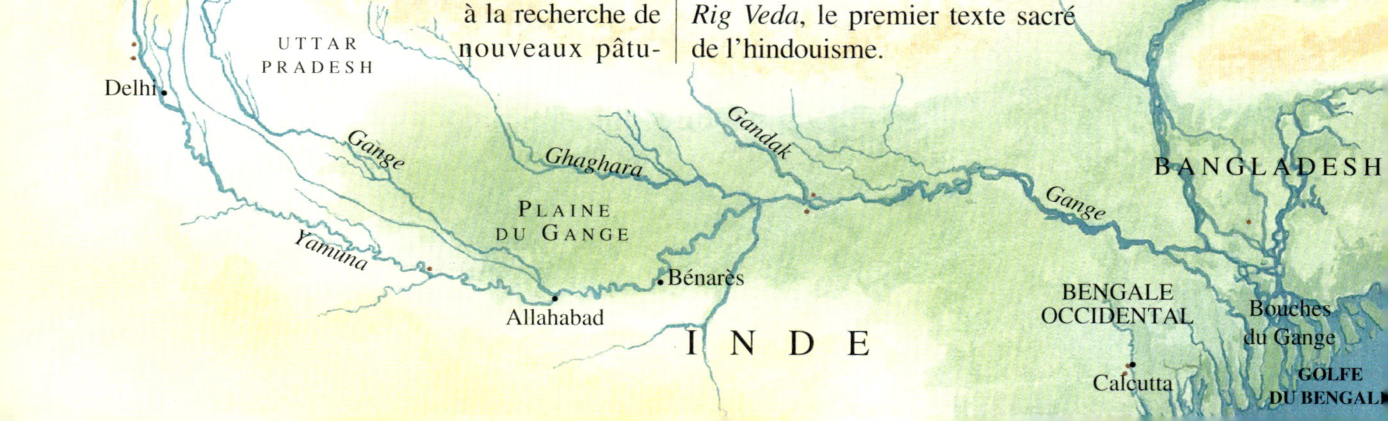

Scène de *kathakali*, théâtre dansé du sud de l'Inde, qui interprète des épisodes des grandes épopées hindoues.

"C'est un savoir sans ombres, un secret lumineux, une clarté incomparable, immédiatement accessible."
Bhagavadgita

Qu'est-ce que l'hindouisme ?

Le terme *hindouisme* n'est pas d'origine indienne. Ce sont les Arabes qui, lors de leur arrivée en Inde, au VIIIe s., nommèrent ainsi les cultes hindous, essentiellement ceux dédiés à Shiva et Vishnou.

Indien désigne ce qui se rapporte à l'Inde. *Hindou,* ce qui se rattache à l'hindouisme,

La période *védique* s'étend de 1500 à 500 av. J.-C. Ensuite vont se constituer, peu à peu, les bases de l'hindouisme actuel.

Les origines de l'hindouisme

L'hindouisme n'a pas été fondé par un personnage historique, sous l'impulsion d'une révélation divine. Il naquit et se développa à partir de cultes et de croyances populaires, issues, en partie, d'anciens textes hindous : *les Véda.* L'hindouisme est autant un style de vie qu'une relation entre l'homme et Dieu.

La religion védique

Les peuples qui vivaient sur les bord de l'Indus, entre 3000 et 1500 av. J.-C., avant l'arrivée des Aryens (voir p. 33), vénéraient des symboles de fertilité, tels que la déesse mère, le taureau, les arbres sacrés…

Les premiers Aryens élargirent ces croyances aux forces naturelles qu'ils ne pouvaient ni contrôler ni expliquer, les considérant comme des manifestations divines.

Ainsi, le feu devint le dieu Agni, sorte d'intermédiaire entre les hommes et le dieu suprême. De même, la pluie, le soleil, la lune… furent vénérés comme des dieux. A côté d'eux, une multitude d'êtres célestes, tels que les *Apsara* – nymphes nées des eaux – étaient tenus en grande estime.

Surya, le Soleil, est l'objet d'un culte très ancien. (Ci-dessus, le char du Soleil, d'après une miniature du XVIIIe s.)

Les anciens cultes

Au centre de la vie religieuse, il y avait le sacrifice, que ce soit les petits sacrifices offerts par un individu

Les sacrifices consistaient à offrir à une divinité les produits des récoltes ou à lui immoler des animaux.

Le feu, Agni, est, avec Indra (p.15) et Surya (le Soleil), l'un des trois grands dieux védiques, qui représentent la Terre, l'Atmosphère et le Ciel. Il est présent dans les principaux rites (mariage, mort…). Ici, offrande du feu, au lever du soleil, au bord du Gange.

Les sacrifices sont présidés par des “prêtres”, les *brahmanes*, à qui l'on attribue des pouvoirs magiques. Du fait de l'importance du sacrifice dans la société aryenne, les brahmanes jouissent d'un grand prestige.

La doctrine selon laquelle ce que nous vivons dans cette vie est le résultat de nos actions dans une vie passée s'appelle le *karma*.

ou par une famille, ou les grands sacrifices auxquels toute la tribu participait.
Le sacrifice est un moyen de susciter une attitude bienveillante des dieux à l'égard des hommes, et de stimuler l'entente et l'amitié entre les membres de la communauté.
Les Aryens considéraient aussi que le monde était né d'un vaste sacrifice cosmique et que l'offrande de sacrifices selon des rites très rigoureux était nécessaire à son équilibre.

Le cycle des renaissances

La croyance, chez les Aryens, que les actes mauvais entraînent une punition et les bons une récompense est à l'origine de la notion de *transmigration des âmes*, autrement dit de *réincarnation*. Cela signifie que le bonheur ou le malheur que nous connaissons en cette vie sont les conséquences de notre bonne ou mauvaise conduite dans une existence passée. De même, nos actes ici-bas détermineront la qualité de notre prochaine vie. Tant que nous n'avons pas atteint un degré de perfection absolue, nous renaissons, après la mort, animal ou être humain, selon nos mérites. Pour amener les êtres à se perfectionner, l'hindouisme développa des exercices de discipline physique et spirituelle : le *yoga*.

Les textes sacrés de l'hindouisme

La religion védique était fondée sur un ensemble d'hymnes appelés les *Veda* (le *Savoir*, en sanskrit), toujours transmis oralement. Ils sont accompagnés de commentaires : les *Brahmana* et les *Upanishad*.
L'hindouisme a hérité de ces textes, mais possède en plus deux grandes épopées, le *Mahabharata* et le *Ramayana* ainsi que les *Purana*.
Le *Mahabharata* (ci-contre) compte 200 000 vers. Il inclut un long poème, la *Bhagavadgita*, où le dieu Krishna enseigne la juste conduite. C'est le texte de base de l'hindouisme, où sont exposés ses grands principes.
Le *Ramayana*, 40 000 vers, a pour héros Rama, incarnation, tout comme Krishna, du dieu Vishnou.

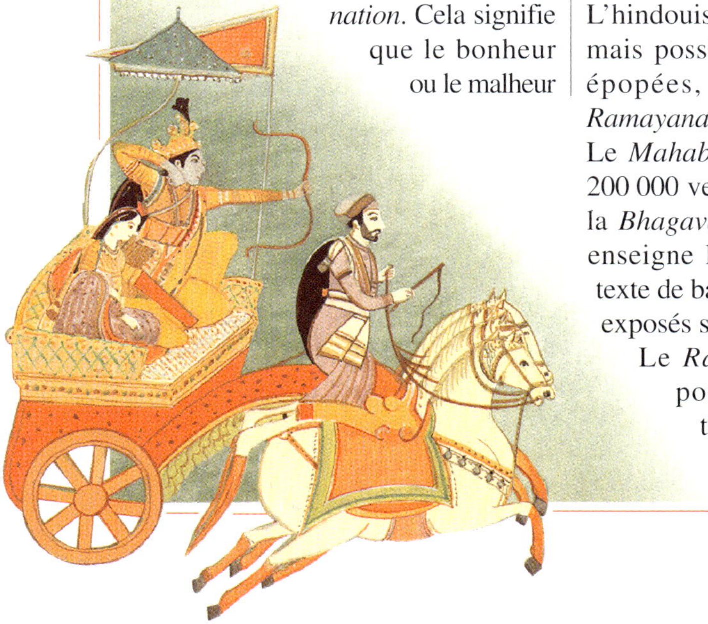

Repères
V. 2500 av. J.-C. Civilisation de l'Indus.
V. 1500 av. J.-C. Arrivée des Aryens.
1500-500 av. J.-C. Composition des *Veda*. Religion védique.
V. 1000 av. J.-C. Civilisation du Gange. Rédaction des *Brahmana*.
500 av. J.-C. Naissance de l'hindouisme.
Ier s. -Ve s. Composition du *Mahabharata* et du *Ramayana*.
Ve s. av. J.-C. - Ve s. apr. J.-C. Rédaction des *Purana*.
A partir du VIIIe s. Culte de Krishna et de la *bhakti* (dévotion).
760-v. 820 Shankara, philosophe hindou.
1836-1886 : Ramakrishna, ascète mystique.
1861-1941 Rabindranath Tagore, écrivain.
1872 -1950 Aurobindo, philosophe.
1869-1948 Gandhi, artisan de l'indépendance de l'Inde (1947).

"*Tu es le Soleil, Tu es la Lune, Tu es le Vent, Tu es le Feu*
Tu es les Eaux, Tu es le Ciel, Tu es la Terre
Tu es l'Ame du monde." *Shivamahimnastotra*

Ci-contre, le dieu Vishnou reposant sur le Serpent à mille têtes, Ananta. Près de lui, Lakshmi, son épouse, et, sur le lotus sortant de son nombril, le dieu Brahma.

Les dieux

Ganesh, le dieu à tête d'éléphant, est le fils de Shiva et de Parvati. Il est le dieu de la Sagesse et de l'Erudition, Celui qui fait tomber les obstacles sur le chemin de la perfection. Une légende dit qu'il écrivit le *Mahabharata* avec une de ses défenses (voir p. 19).

Pourquoi tous ces dieux ?
On dit que l'hindouisme compte trente trois millions de dieux ! Ce qui signifie seulement qu'ils sont innombrables. Cette religion ayant incité ses adeptes à vénérer ce qui les entourait : rivières, montagnes, arbres, animaux..., les figures divines se sont multipliées.

Les dieux Krishna et Rama, incarnations de Vishnou et héros des deux grandes épopées hindoues (p. 35), sont aujourd'hui très vénérés. Ci-contre, Krishna.

En fait, ces divinités ne sont que les visages différents d'une seule réalité, que les hindous appellent le *Brahman*, l'*âme universelle*, le Tout suprême, sans limites, absolu, éternel, d'où naissent toutes choses. Les différents dieux sont comme des images de cette réalité invisible, et les vénérer est un moyen d'accéder à cette âme universelle.

Brahma, Vishnou, Shiva
Trois dieux occupent une place centrale dans le panthéon hindou : ce sont Brahma, Vishnou et Shiva.
Brahma est le Créateur de l'univers, des êtres vivants et de ce qui les entoure (p. 10).
Vishnou est le dieu qui veille sur l'univers. Quand le mal menace de triompher sur terre, il descend de sa résidence céleste et restaure l'équilibre. Son épouse est Lakshmi, la déesse de la Fortune et de la Prospérité.
Shiva est le dieu qui détruit l'univers quand les forces du mal finissent par l'emporter. Il est aussi le dieu de la Danse. Son épouse, Parvati, possède des noms multiples et ses attributs changent avec son nom (pp. 9 et 13).

Sarasvati, épouse du dieu Brahma, est la déesse de la Connaissance, des Arts et des Sciences.

"Quoi que l'homme m'offre en vraie dévotion, fruit ou eau, une feuille, une fleur, je l'accepte. Ce don est l'amour, l'offrande de son cœur."
Bhagavadgita

Les rites

Une des phases du bain rituel est l'offrande de l'eau.

Les rites font appel à un certain nombre de gestes symboliques, selon un enchaînement précis, parfois très complexe, accompagnés de récitation de formules sacrées (*mantra*) et de prières.

Les temples
Ils se comptent par milliers, dédiés à différentes divinités et de toutes tailles. Chaque jour, des prêtres y accomplissent, au crépuscule, des cérémonies d'offrandes (*puja*).

Les prêtres veillent à l'entretien des autels dans les temples.

Les cultes domestiques
La religion, en Inde, se pratique surtout chez soi. La plupart des familles hindoues aménagent un petit temple domestique, qui peut être une pièce de la maison ou un simple coin consacré à la prière et aux offrandes aux dieux. Chaque soir, en présence de toute la famille, le père ou la mère (ci-contre) allume une petite lampe à huile et fait l'offrande de la lumière et de l'encens aux dieux représentés par des statuettes ou des images.

Les offrandes
Elles sont à la base de tous les rituels. Les plus courantes sont les offrandes d'eau, de feu, de lumière, de fleurs, de fruits, de beurre clarifié, d'encens, de nourriture… Celle-ci, une fois offerte aux dieux, est sanctifiée et distribuée à toute l'assemblée.
Ces offrandes et les rituels qui les accompagnent sont le symbole de l'offrande de l'individu lui-même, à la divinité.

Une pratique très courante est la méditation, dans une posture qui favorise la concentration.

"Se baigner dans le Gange le jour de la Kumbha Mela vaut plus qu'un millier de sacrifices de chevaux, cent sacrifices ordinaires et cent mille tours de la terre à pied." Vishnoupurana

Les fêtes et pèlerinages

Au cours des fêtes du *Ramalila,* ce jeune garçon incarne le dieu Rama.

Toute l'année hindoue est rythmée par des fêtes et des pèlerinages. Parmi les plus célèbres, *Deepawali* commémore le retour de Rama, héros du *Ramayana* (p. 35) dans son royaume. C'est la fête de la lumière. Chaque maison, chaque lieu public est décoré de lampes à huile. Cette nuit-là, le pays ressemble à un océan de perles… Mais il y a aussi des fêtes particulières à chaque état. Le Bengale honore la déesse Durga durant presque un mois, à la fin duquel la statue de la déesse est, selon la coutume, immergée dans la mer. La région de Bombay honore de la même manière Ganesh, le dieu-éléphant. Le sud de l'Inde célèbre durant dix jours, au printemps, le mariage de Meenakshi et de Shiva. Des statues des divinités, somptueusement parées, sont promenées dans de lourds chariots, tirés par des centaines d'hommes. La procession est accompagnée de danses et de musique.

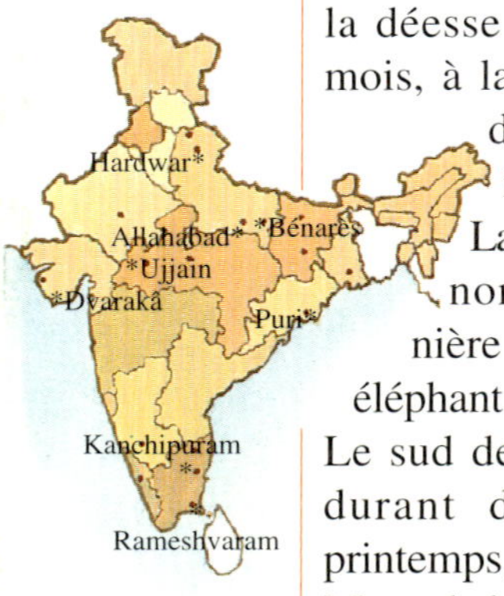

Quelques villes saintes de l'Inde.

Le plus grand pèlerinage du monde
Parmi les nombreux pèlerinages que comptent l'Inde, le plus important est la *Kumbha Mela*. Il rassemble cinq à dix millions de personnes pour commémorer la victoire des dieux, qui disputèrent aux démons le vase (*kumbha*) contenant l'élixir d'immortalité. Il a lieu tous les trois ans, alternativement à Nasik, Ujjain, Hardwar et Allahabad.

Lors de *Deepawali*, des milliers de lampes flottent sur les fleuves.